REVUE

DES

ÉTUDES HISTORIQUES

Publiée par la Société des Études Historiques

PARAISSANT TOUS LES DEUX MOIS

SOIXANTE-DIX-NEUVIÈME ANNÉE

NOVEMBRE-DÉCEMBRE 1913

EXTRAIT

LES RELATIONS FRANCO-RUSSES
SOUS LE SECOND EMPIRE

PAR

Pierre RAIN

PARIS

LIBRAIRIE ALPHONSE PICARD ET FILS

82, RUE BONAPARTE, 82

CONDITIONS D'ABONNEMENT ANNUEL :
France et Colonies : 12 francs. — Étranger : 15 francs
Le numéro : 2 fr. 50

Ouvrages analysés dans ce numéro :

J. Roman, *Manuel de Sigillographie française* (L. Mirot) 693

Le duc de La Force, *Lauzun* (L. Mouton) 694

G. Nœl, *Une « primitive » oubliée de l'école des cœurs sensibles : Madame de Grafigny, 1695-1758* (P. Fromageot) 696

Vte de Reiset, *Joséphine de Savoie comtesse de Provence* (M. Quatrelles l'Epine) 697

G. du Boscq de Beaumont et M. Bernos, *La famille d'Orléans pendant la Révolution d'après sa correspondance inédite* 699

Bon A. de Maricourt, *Louise-Marie-Adélaïde de Bourbon-Penthièvre, duchesse d'Orléans* (Jean Harmand) 699

M.-G. Mallet, *La politique financière des Jacobins* (B. Combes de Patris) .. 701

Ct Var, *Campagnes du capitaine Marcel en Espagne et en Portugal* (E. Bernard) 702

Pierre Rain, *Un tsar idéologue. Alexandre Ier* (Pierre Morane) 704

Hermione Poltoratzky, *Profils russes* (A. M. C.) 706

W.-H. Wilkins, *Un mariage de prince, Mme Fitz-Herbert et Georges IV, roi d'Angleterre* (E. Forgues) 706

E. Dejean, *La duchesse de Berry et les monarchies européennes* (Pierre Rain) 708

G. Lanson, *Manuel bibliographique de la littérature française moderne, tome IV* (L. Davillé) 709

Pierre Berger, *Robert Browning* (A. Pavie) 711

André Hallays, *Paris [En flânant]* (E. Forgues) 711

P. Hamelle, *La querelle des Communes et des Lords* (A. Auzoux) 712

E. Duvernoy, *Une enclave lorraine : Liepvre et l'Allemand Rombach* 713

— *De l'actualité de l'étude du moyen âge* 713

M. Delvaille, *Ange Goudar et son projet pour la repopulation en 1756* .. 713

J. Brousse et Lejeune, *Le Puy d'Issolu n'est pas Uxellodunum* 714

Dom Bruno Destrée, *Impressions et souvenirs* 714

P. Alain, *Bouvines* 714

P. Deslandres, *Les grands conciles du Latran* 715

M. Pérouse, *Le Concile de Constance* 715

E. Philippon, *Dictionnaire topographique du département de l'Ain* 715

Abbé Aillot, *Le clergé de Versailles pendant la Révolution française* 715

J. Turquan et J. d'Auriac, *Lady Hamilton ambassadrice d'Angleterre et la Révolution de Naples* 716

R. Gillouin, *Essai de critique littéraire et philosophique* 717

Pierre Albin, *L'Allemagne et la France en Europe (1885-94)* 717

Autres ouvrages envoyés à la rédaction 718

PRINCIPAUX ARTICLES PUBLIÉS PAR
LA REVUE DES ÉTUDES HISTORIQUES
en 1913

C. Schefer, *La politique algérienne du ministère Molé* (oct. 1837). — C. Gailly de Taurines, *La reine Hortense en 1815.* — J. Depoin, *La vie de Sainte Geneviève et la critique moderne.* — G. Lacour-Gayet, *Sur la mort de Paul Ier* — A. Lange, *Les Tyrans en Grèce.* — M. Quatrelles l'Épine, *A propos d'un bal d'enfants sous le second Empire.* — J. du Breuil de Saint-Germain, *Les Jansénistes à la Constituante.* — B. C., *Extraits de la Correspondance de la famille de Corancez pendant la Révolution.* — R. Villatte des Prugnes, *Les effectifs de la Grande Armée pour la campagne de Russie en 1812.* — E. Cavaignac, *Comment fut votée la première guerre punique.* — M. Chassaigne, *Un manuel de procédure criminelle au XVIe siècle* — R. Peyre, *Lettres inédites de Marguerite de France.* — L. Misermont, *Joseph le Bon maire d'Arras et administrateur du département du Pas-de-Calais.* — B. Combes de Patris, *Un page de la comtesse d'Artois. Louis de Patris.* — Ct Lefebvre de Béhaine, *Les opérations de l'armée austro-bavaroise au mois d'octobre 1813 : l'attaque de Wurzbourg.* — Jean Harmand, *Une prophétie du XVIe siècle sur la Révolution, le liber mirabilis.* — Félix Aubert, *Simon de Bucy.*

Adresser les manuscrits et toute communication concernant la Rédaction de la *Revue*, à M. **Pierre Rain**, directeur, 17, rue de l'Université, Paris, 7e.

Les Relations Franco-Russes

sous le Second Empire

La politique ignore le sentiment ; c'est un axiome ; c'en est un autre que la diplomatie repose sur des intérêts tangibles, et puise sa force dans sa continuité. Cependant quand on étudie la diplomatie de Napoléon III, on est frappé par sa mobilité comme par la place qui y est faite au sentiment.

Le grand principe des nationalités, dont l'empereur s'est fait le champion, n'était lui-même que le développement d'idées généreuses toutes *à priori,* s'accordant le plus souvent fort mal avec les intérêts particuliers des États. Le père de ce séduisant principe Alexandre Ier, auquel Napoléon III s'apparente par tant de traits, était lui aussi un rêveur couronné, passionné pour le bien ; il conduisit sa diplomatie avec son cœur et, sans doute, cela le mena triomphalement à Paris en 1815 ; mais cela, dix ans plus tard le mena prématurément au tombeau. La politique de sentiment après avoir conduit l'empereur Napoléon III au triomphal Congrès de 1856, le mena quatorze ans plus tard sur le champ de bataille de Sedan : toujours ondoyant et divers, flottant au gré de l'opinion il ne suivit jamais de ligne diplomatique, toute droite et vraiment française et sembla toujours hésiter devant la conduite à tenir. Et pourtant il ne manquait pas de hardiesse ! Il trouvait la France en 1852 aussi isolée en Europe, aussi jalousée que lorsque Louis-Philippe avait escaladé le trône en 1830. Mais il la trouvait plus calme, plus soumise qu'elle ne l'avait jamais été sous le roi citoyen. Pourtant ce que l'opinion demandait depuis 1830, ce que Louis-Philippe lui avait refusé par sagesse ou par crainte, au risque d'y perdre son trône, la guerre, Napoléon III la prépara dès le lendemain de son avènement. C'était le cœur qui lui dictait sa conduite, déchirer les traités de 1815 ; mais il y avait pour cela diverses méthodes : promettre un constant appui à la Russie en Orient, garantir à l'Angleterre la perpétuelle neutralité de la Belgique, et fondre sur les provinces rhénanes ; cela était possible. Ou bien s'appuyer sur la Russie et la Prusse, pour reprendre la Belgique au risque de s'aliéner pour longtemps l'Angleterre ; c'était plus délicat. Ou s'appuyer sur l'Angleterre et l'Autriche pour défendre le Grand Turc, c'était évidemment possible, puisque cela se fît ; c'était d'autant plus possible, que la France n'y gagnait rien, et travaillait pour l'Angleterre ; le geste était d'autant plus beau qu'il était désintéressé ; mais la diplomatie n'est pas un exercice plastique ! l'affaire n'était pas plus tôt engagée qu'on la regrettait : on parla de « nos bons amis, nos ennemis ».

L'histoire des relations franco-russes sous le Second empire que des documents de premier ordre récemment publiés[1] nous permettent aujourd'hui de mieux apprécier, semble avoir été constamment influencée par des impulsions souvent sentimentales et étrangères aux vrais intérêts nationaux : relations hélas bien changeantes en ces dix-huit années, qui allèrent d'une rupture inattendue à un rapprochement subit et plus inattendu encore, pour se relâcher par la suite, puis se resserrer, pour se relâcher enfin, variations dont il semble bien que Napoléon III soit seul responsable, et qui donnent à sa diplomatie un caractère si déconcertant.

A la lettre par laquelle l'empereur lui signifiait son avènement au trône, le tsar Nicolas, on le sait, avait refusé de répondre dans les termes consacrés. Le « bon ami » se vengea par un mot excellent de n'être point traité de « bon frère » ; la querelle eut put en rester là ; Louis-Philippe quelque vingt ans plus tôt avait eu à subir du même personnage bien d'autres avanies ! mais Napoléon III plus susceptible prépara une revanche qui dépassait quelque peu le sujet primitif de la discussion : l'empire auquel la Russie refusait sa reconnaissance l'imposerait à coups de canons. On trouva le prétexte de la rupture en Orient ; la péninsule balkanique et les lieux saints ont fourni durant près d'un siècle l'occasion de conflits innombrables qui furent souvent sanglants. Le prétexte importe peu quand l'affaire est engagée ; Napoléon III eut bien

---

1. Dans l'excellent ouvrage de Fr.-Charles Roux : Alexandre II, Gortchakoff et Napoléon III, un vol. in-8, 560 p. 1913. Voir aussi Germain Bapst : Le Maréchal Canrobert ; E. Ollivier : L'empire libéral ; P. de la Gorce : L'histoire du second empire ; Thouvenel : Le secret de l'empereur ; etc.

voulu soutenir la Turquie sur le Niémen en s'alliant à la Prusse, en même temps qu'à l'Angleterre : l'alliance prussienne lui paraissait au début de son règne une des meilleurs opérations diplomatiques à réaliser ; tenter de la faire contre la Russie, c'était sans doute assez mal connaître les rapports particuliers d'affection et d'estime qui unissaient les deux beaux-frères, Frédéric-Guillaume et Nicolas ! la campagne de Crimée ne fut qu'un pis aller. L'opinion publique surprise de la façon dont un conflit qu'on croyait tout diplomatique se transformait tout à coup en une expédition au long cours, ne manifestait pas grand enthousiasme : la Crimée était bien loin et touchait vraiment peu nos intérêts : le cabinet du quai d'Orsay avait entraîné celui de Saint-James ; c'était maintenant à la presse anglaise devenue férocement anti-russe à entraîner la presse française indifférente : on conserve bien dans le peuple une ancienne haine du cosaque, et quelques souvenirs vieux de quarante ans subsistent ; mais cette façon d'aller chercher son ennemi par mer par le Bosphore, paraît bien détournée, et risque de ne point amener de résultat définitif. Dans les milieux politiques, officiellement soumis, on paraît éprouver quelque surprise ; on cherche l'intérêt tangible qu'on a à cette expédition et quelques-uns ne sont pas loin de la comparer à l'expédition d'Égypte toujours auréolée de succès militaires, mais qui ne réussit point. Un peu partout on sent que cette entreprise, pour l'empereur, est un geste de puissance, d'autorité, de revanche aussi contre l'homme qui reste seul à incarner la vieille doctrine de la Sainte-Alliance.

Après trente ans d'un règne sévère au cours duquel il a exercé son prestige sur l'Europe, l'empereur Nicolas Ier est partout détesté. C'est l'autocrate dans toute sa rigidité, l'adversaire de toutes les transformations de tous les progrès, à plus forte raison de toutes les révolutions ; la monarchie qu'il a secourue naguère, l'autrichienne, n'est pas la mieux disposée à son égard. Ce tenant de la monarchie de droit divin n'a jamais composé avec qui que ce soit ; toujours il a commandé et tenu tête, même à Metternich ; il a l'autorité de sa grand'mère Catherine, l'énergie de son père Paul, mais une énergie disciplinée par la froide raison, par la volonté sûre d'elle-même ; on chercherait en vain quelque trait de ressemblance avec son frère aîné, le doux, séduisant, et mystique Alexandre. En lui ni rêve, ni hésitation, ni but généreux ni projet de réforme ; c'est la sentinelle inflexible qui monte la garde devant le vieux monde ; il a les ambitions traditionnelles de sa race ; le Bosphore

exerce sur lui l'attrait irrésistible. Napoléon III a beau jeu à se dresser
en antagoniste de cet adversaire des souverainetés et des libertés na-
tionales : on a partout le désir plus ou moins avoué de voir humilié
cet homme inflexible et arrogant : c'est en cela seulement que la
guerre est populaire dans toute l'Europe ; quand on apprend le 9 mars
1855 la mort de l'empereur Nicolas tué par le sentiment de sa défaite,
c'est partout un soupir de soulagement, et en beaucoup d'endroits
des cris de joie : à la Bourse de Paris, la Rente monte de 3 points,
les journaux ne cachent pas la satisfaction générale ; on crie : la paix
est faite. A Londres, c'est du délire, la nouvelle arrive dans la soirée ;
on interrompt le spectacle, un acteur lit le journal sur scène aux acclamations de la foule : on chante le « God save the queen ». En Prusse
comme en Autriche, et plus encore en Hongrie, où on sent les traces
toute fraîches de la marche victorieuse de Paskewitch, le peuple, la
bourgoisie même se sentent libérés, vengés des échecs de 1849, mais
leur manifestation est silencieuse et craintive, car les gouvernements
de Berlin et de Vienne prennent le deuil ; à Berlin c'est une douleur
vraie, à Vienne c'est pure convenance : on est libéré d'une reconnaissance toujours pesante ; en Russie c'est une stupéfaction voisine de
la terreur ! « Il est mort se dit-on à voix basse tant on craint encore
que son ombre redoutable ne sorte du tombeau pour imposer le
silence ! »

Napoléon III est vengé et satisfait ; il n'a plus qu'à se montrer généreux. Sans doute attend-il que son armée ait remporté une victoire
plus décisive qu'Inkerman ou que l'Alma ; la prise de Sébastopol au
seuil de l'automne comble ses vœux sur ce point. Il a pu se rendre
compte, depuis près d'un an que se sont ouvertes les hostilités, jusqu'à
quel point la guerre de Crimée est une entreprise peu nationale; il reçoit
les échos des scènes curieuses qui pendant les armistices rapprochent
les soldats russes et français dans les tranchées au grand dépit des
Anglais. Quand le gouvernement de Victoria veut l'entraîner à un effort
qui ne peut manquer d'être décisif dans la Baltique sur Cronstadt,
Napoléon se dérobe ; il commence à s'apercevoir qu'une nouvelle défaite russe ne procurera aucun autre avantage à la France qu'un prestige déjà acquis : le seul résultat tangible qui satisferait l'empereur
serait la reconstitution de la Pologne, et pour ce résultat, l'Angleterre
ne veut rien hasarder ; le sort des Polonais n'a pas cessé depuis les
premiers partages de lui être indifférent ; ce peuple de marchands

cherche en diplomatie des intérêts monnayables ; la Pologne n'en offrirait aucun.

On a peine à se rendre compte en 1913 ce qu'était pour la France de 1830 à 1870 la question polonaise ; elle semblait lui tenir beaucoup plus à cœur que la perte des frontières naturelles ! Pas un littérateur, un artiste, un politicien un peu soucieux de popularité, ou mieux de considération, qui ne se trouve porté par le sentiment plus ou moins ambiant de « son monde » à chanter les gloires du peuple martyr, son courage, la pérennité de ses revendications : ce sont Béranger, Casimir Delavigne, Hugo, Musset, Lamartine, Ledru-Rollin, Louis Blanc, et vingt autres ! Le Français a pris son frère polonais sous sa protection spéciale ; c'est là une forme politique du romantisme ; c'est aussi la part de générosité habituelle à l'âme française qui aime à défendre les causes difficiles, à protéger les faibles et les opprimés : chaque insurrection polonaise invariablement suivie d'une répression plus ou moins impitoyable, d'une invasion plus ou moins nombreuse de réfugiés qui accourent en France comme dans leur seconde patrie, suscite à Paris des protestations ou des émeutes qui se tournent le plus souvent contre le gouvernement assez timide pour craindre d'affronter la colère des trois puissants copartageants ! La Pologne qui fut pour Louis-Philippe la bête noire de sa diplomatie, devait être pour Napoléon III un constant sujet de rêves glorieux et de beaux espoirs à réaliser ! Jamais il ne permit à un de ses ministres de reprendre le mot de Sébastiani : « L'ordre règne à Varsovie », parce que l'ordre n'y régna jamais selon son cœur : la Pologne se trouva toujours dans sa diplomatie comme un obstacle, une gène, pesant sur ses combinaisons de cabinet, de tout le poids d'un vieil amour qu'on ne peut sacrifier.

En 1855, voyant l'accueil peu favorable fait à ses ouvertures relativement à la reconstitution du royaume, tant auprès du ministère britannique que du prince consort lui-même, Napoléon n'insista pas et, devenu pacifique, ne chercha plus qu'à se rapprocher de la Russie, en passant du rôle de belligérant à celui de médiateur, évolution inverse à celle qu'on a l'habitude de voir en diplomatie, au reste évolution des plus heureuses puisqu'elle assura à la France un prestige et une autorité qu'elle avait perdu depuis près d'un demi-siècle.

Deux ministres allemands, l'un Saxon, Beust, l'autre Bavarois, von der Pfordten, furent les premiers entremetteurs officieux ; ils répétèrent à Pétersbourg les paroles pacifiques et encourageantes qu'ils avaient recueillies à Paris de la bouche de l'empereur, de Walewski son nouveau ministre et de Morny, président du corps législatif ; ce dernier qui se vantait non sans raison d'avoir à certaines heures l'oreille impériale correspondait directement avec Gortchakoff et s'engageait à réaliser le rapprochement politique qui était à la base de ses conceptions ; il négligeait seulement de dire que le plus souvent la politique personnelle de son frère utérin était fort différente de celle qu'il lui conseillait.

La Russie sentant le terrain préparé hésitait à faire les avances que rendait nécessaire sa condition de vaincue ; les bonnes dispositions de la France pouvaient n'être que provisoires, en dépit des promesses de Morny ; l'Autriche qui depuis un an jouait au plus fin avec chacun, pouvait tout à coup soutenir l'Angleterre et changer contre la Russie la face des choses. On apprenait à Saint-Péterbourg avec une vive inquiétude que la France négociait toujours à Vienne ; le résultat de ces négociations fut l'ultimatum autrichien qui décida la Russie à céder. Quand on apprit à Paris, le 18 janvier 1856 que la Russie était prête à traiter aux conditions imposées par les alliés, ce fut une joie plus vive encore que lorsqu'on avait appris la chute de Sébastopol : cette fois la guerre était terminée : la rente montait de 5 points, tandis que la même nouvelle faisait baisser les fonds à la Bourse de Londres, et causait dans l'opinion et la presse anglaises un dépit qu'elles ne cherchèrent pas à dissimuler. L'empereur, que l'idée d'une campagne dans la Baltique avait rendu de plus en plus songeur, témoignait sa satisfaction au corps diplomatique, déjà il se préparait à ouvrir ses bras à l'envoyé d'Alexandre II. De fait le prince Orloff qui arriva bientôt comme premier plénipotentiaire russe fut reçu à la cour et à la société comme un ami. La faveur dont il fut l'objet pouvait paraître d'autant plus étrange que ce vieillard à la taille gigantesque, avait fait quarante ans plus tôt la campagne de France et était entré triomphalement dans Paris à la suite d'Alexandre Ier. Peut-être au reste y avait-il dans l'aimable accueil qui lui était fait, comme une satisfaction intime à voir ce vainqueur de jadis venir implorer la paix de la condescendance du neveu du grand empereur ? Aussi prisé dans les milieux officiels que dans le faubourg Saint-Germain, le premier plénipotentiaire d'Alexandre II, ne cachait pas sa satisfaction : il se déclarait auprès du duc de Mortemart « enthousiaste de l'empereur » et écrivait à son gouvernement : « L'empereur s'est personnellement, activement et habilement entremis, aussi bien pour réprimer les prétentions exagérées de l'Angleterre que pour contenir dans une juste mesure les revendications de l'Autriche. En cela son but n'a pas été seulement de rétablir la paix, mais aussi de donner satisfaction à nos intérêts directs. » Cette rapide évolution dans la conduite de Napoléon III était bien faite pour surprendre ceux qui ne connaissaient pas l'étrangeté de son caractère. Pourquoi donc se demandait-on à Vienne et à Londres nous avoir poussé avec vigueur contre un ennemi qu'à peine à terre on a hâte de relever et de consoler ? Pourquoi remporter une victoire dont on semble faire fi aussitôt qu'on l'annonce et dont on dédaigne du moins de recueillir les fruits ? La clause qui dès cette heure tient le plus au cœur de l'empereur des Français est celle qui limite les forces russes dans la mer Noire et ferme étroitement les détroits : en quoi pareille clause est-elle utile à la France ; redoute-t-elle vraiment l'influence que la Russie pourrait prendre en Méditerranée ?

En vain les ambassadeurs d'Autriche et d'Angleterre protestent auprès du comte Walewski contre cet étrange renversement des situations ; le rôle adopté par l'empereur est trop brillant et cadre trop bien avec le sentiment général pour qu'il le modifie. Dès le mois de décembre 1855, le perspicace maréchal de Castellane a prévu « qu'il y aura plus tard une alliance entre la France et la Russie» ; chacun a senti comme lui.

D'ailleurs l'empereur qui a pour l'alliance anglaise un penchant presque religieux ne manque pas l'occasion de célébrer les mérites de ses alliés et de discuter avec eux des clauses de la paix, et tient à montrer sa bonne foi et sa fidélité aux engagements pris. Il se flatte de convertir l'Angleterre à ses vœux, de lui prouver que l'objet essentiel de la guerre est obtenu, la Russie renonçant à faire prévaloir ses volontés dans la presqu'île balkanique; peut-être cet esprit chimérique se flatte-t-il de réconcilier pleinement ces deux antagonistes qui pour l'heure ont grandi leurs conflits en querelles de préséances et de jalousies. Mais la France redevenue arbitre de l'Europe découvre dès le Congrès de Paris sa politique du lendemain en distribuant à la Prusse et au Piémont force compliments, en paraissant les encourager à résoudre au mieux de leurs intérêts les problèmes posés depuis 1815 en Allemagne et en Italie, en leur dénonçant même sous une forme à peine voilée, l'ennemie commune, l'Autriche. Six mois plus tôt on a négocié avec ardeur, énergie, persuasion pour obtenir le concours du cabinet de Vienne, dans l'entreprise russophobe ; on a plus d'à moitié réussi et on laisse maintenant l'Autriche entre deux selles, brouillée avec la Russie, brouillée avec la Prusse sans appui véritable à Londres ! c'est une diplomatie hardie et peu avouable mais qui a réussi.

C'est pourtant une tâche dangereuse, à tout le moins délicate, que celle consistant à satisfaire deux adversaires. Après la signature du traité du 15 avril 1856, la question d'Orient n'est pas close ; il reste même à appliquer certaines dispositions du traité qui laissent place à des interprétations très diverses. La France continuera-t-elle à défendre les intérêts russes, tout en s'efforçant de marcher d'accord avec l'Angleterre et l'Autriche ? Ne sera-ce pas tenter l'impossible ? Telle est pourtant la louable ambition de l'empereur et de son ministre Walewski : pour servir cette politique à Saint-Pétersbourg, pour raffermir des liens si récemment noués, Napoléon III fait choix d'un des hommes les plus judicieux de son entourage, le comte de Morny. Depuis deux ans le président du corps législatif entretient sous le couvert d'intermédiaires variés une correspondance secrète avec le prince Gortschakoff, ambassadeur de Russie à Vienne lequel au mois de mars 1856 est appelé à Pétersbourg pour y prendre la succession du vieux chancelier Nesselrode. Il n'a pas dépendu de lui que la guerre fût évitée ; il a averti à plusieurs reprises son correspondant de la volonté expresse de l'empereur de pousser la guerre à fond, d'humilier pour longtemps le prestige de la Russie en Orient. Depuis le début du règne, Morny a penché vers une entente franco-russe tandis que son rival d'influence, Persigny s'est fait le coryphée de l'alliance anglaise ; partant pour la Russie au lendemain du traité de Paris en qualité d'ambassadeur extraordinaire, il a le désir naturel de poser les bases d'une entente durable, et Napoléon III qui connaît ses préférences nourrit donc le même désir que lui.

Le fils naturel de la reine Hortense qu'on dit plus prince que son frère couronné, qui est moins rêveur, plus positif, plus décidé, que certains ont considéré comme le bon génie du règne, reçoit auprès

de l'empereur Alexandre II l'accueil le plus empressé ; s'étant hâté plus
que ses collègues du corps diplomatique, il arrive le premier à son
poste, y a droit par suite au titre et aux prérogatives de doyen. Il ne
tarde pas à tenir un rang de grand seigneur. La haute société se presse
dans les salons de l'ambassade de France où l'ambassadeur a fait
venir à grands frais son incomparable galerie de tableaux, superbe
façon d'honorer ses hôtes parmi lesquels on ne tarde pas à compter
l'empereur lui-même.

Celui-ci que la Russie honore aujourd'hui comme « le tsar libérateur » montait sur le trône en des circonstances difficiles ; doux et
pacifique, il avait déconseillé la guerre qui avait si malencontreuse-
ment tourné ; sans influence sur son père, il avait pourtant dû pro-
clamer l'habileté de sa politique et promettre de la continuer. En
réalité, du jour de son avènement, tout avait changé ; Alexandre
n'avait ni la morgue, ni les préventions de Nicolas. Il n'avait pas
contre la France cette antipathie qui avait conduit l'empereur défunt à
interdire à ses sujets de pénétrer sur le territoire français, s'introdui-
sant quotidiennement dans « l'intérieur des familles » comme aimait
à le faire son père Paul pour diriger et châtier ; le nouveau tsar rêvait
de soulager ses peuples, de mériter leur affection, plus que leur
crainte ; il s'apparentait beaucoup plus étroitement avec son oncle « le
bien intentionné » qu'avec son père : « Vous pouvez compter sur la
loyauté et la sincérité de mes intentions, dit-il à Morny dès sa première
audience ; vous me trouverez toujours prêt à m'entendre et à m'expli-
quer franchement avec vous. »

Les difficultés que redoutait Morny ne furent cependant pas longues
à se produire : des incidents de minime importance, la possession d'une
île abandonnée au milieu du Danube (l'île des Serpents) et d'une bour-
gade sur les confins de la Bessarabie (Bolgrade) allaient maintenir entre
les cours européennes une tension souvent grave pour la grande joie
de l'Angleterre et de l'Autriche. Devant le rapprochement franco-russe,
ces deux puissances frémissaient en effet comme devant un danger
redoutable (l'Autriche n'avait pas tort, mais l'Angleterre n'avait rien à
craindre) ; Napoléon III avait chargé Morny de travailler à une réconciliation de l'Angleterre et de la Russie ; comment entreprendre pareille tâche, quand dès la première discussion soulevée, l'Angleterre
envoyait dans la mer Noire une flottille de quatre navires prêts à quelqu'éclatante manifestation.

La Russie, qui savait au reste la vanité d'un plan de réconciliation avec l'Angleterre, trouvait au contraire aux difficultés qui surgissaient dans l'application du traité de Paris le précieux avantage d'opposer l'un à l'autre les gouvernements de Londres et des Tuileries dont l'étroite union avait causé sa défaite ; elle mit donc toute son énergie à ne pas céder, à grossir même les incidents successifs pour éprouver la solidité de l'entente cordiale, et la rompre si possible. C'est à tenir la balance égale entre son ancien allié et son nouvel ami, que Napoléon III devait travailler tout son règne.

Équilibre naturellement instable que Persigny, autant que Morny travaillaient à détruire en appuyant chacun à son tour sur l'un des plateaux de la balance. L'Angleterre s'était plainte pendant le Congrès de Paris de la faveur officielle où se trouvait le prince Orloff ; moins de six mois après, la Russie par l'intermédiaire de Gortchakoff signalait avec quelqu'amertume à Morny que le comte Kisselew, paraissait oublié, méprisé dans la capitale et à la cour des Tuileries et que toutes les bonnes grâces de l'empereur et de l'impératrice étaient réservées à lord Cowley, ce qui n'empêchait d'ailleurs pas celui-ci de se plaindre à Walewski « que dans toutes les discussions, petites et grandes qui s'étaient élevées par rapport à l'exécution du traité de Paris, le gouvernement de l'empereur se fût toujours prononcé en faveur de la Russie ».

Tout en reconnaissant l'utilité de l'alliance anglaise qu'il n'encourageait pas à délaisser [1], Morny, dans une correspondance suivie avec Walewski, avec « son cher Empereur » ne cessait de leur montrer combien, plus conciliantes étaient les dispositions russes, et combien plus tard, dans des circonstances différentes, l'appui de la Russie serait plus précieux et plus décisif que celui de l'Angleterre : « Les Anglais sont des gens positifs, écrivait-il un jour [2], auxquels il ne faut jamais laisser prendre trop de corde, quelque bien que l'on soit

---

1. « Certes, personne n'est plus que moi partisan de l'alliance anglaise, écrivait un jour Morny ; ç'a été la croyance politique de toute ma vie, écrivait-il, et la connaissance plus approfondie des ressources et du caractère de ce pays-ci n'a pas altéré chez moi cette prédilection. Aussi ai-je toujours eu soin de la placer hors de toute atteinte. Mais je mets au-dessus de l'alliance anglaise et de toutes les alliances du monde notre propre dignité, notre considération, notre réputation de fermeté et de loyauté. »

2. 6 octobre 1856 à Walewski.

avec eux. » Et quinze jours plus tard, il notait[1] : « On ne sait ce que l'avenir nous réserve, à en juger par les dispositions et les actes des autres gouvernements, mais il est évident que la seule puissance qui s'accommoderait de l'accroissement de notre territoire est la Russie, et au train dont vont les choses, je ne sais pas si nous ne serons pas amenés à donner au peuple français cette satisfaction. »

Napoléon III ne devait pas tarder à éprouver la justesse de cette réflexion ; il tenait à l'alliance anglaise, qui est essentiellement celle des anciennes limites, dont pouvaient se contenter Louis XVIII et Louis-Philippe, et il nourrissait déjà des projets à l'exécution desquels il savait que l'Angleterre ferait mauvais accueil : « La Russie est la seule puissance qui ratifiera tout agrandissement de la France, écrivait encore Morny[2], j'en ai déjà reçu l'assurance ; demandez-en donc autant à l'Angleterre. »

Morny s'avançait-il, dans cette phrase plus qu'il ne devait ? la Russie avait-elle déjà promis de ratifier les agrandissements, que la France pourrait faire sur tel terrain déterminé ? je n'en sais point la preuve ; ç'aurait été promettre plus qu'il n'était nécessaire, la France par l'intermédiaire de Morny n'ayant dévoilé à Pétersbourg aucun plan de conquête : il fallait même que l'ardeur russophile de Morny fut bien grande pour l'engager à faire à son gouvernement de pareilles suggestions. Le programme politique de l'Empereur n'était pas en effet sans l'inquiéter pour l'avenir, et s'il avait trouvé le moyen de diriger ailleurs que sur l'Italie l'attention de Napoléon III il se serait empressé de le faire. Croyait-il donc la Russie disposée, pour obtenir l'alliance française, à prêter les mains à une extension de la France en Belgique ou dans le Palatinat ? C'est un commentaire de cette phrase enigmatique qui n'est pas encore donné.

Fut-ce précisément pour éprouver la confiance qu'on pouvait avoir dans la fidélité du gouvernement russe, que Napoléon accepta dès l'automne de 1856 l'offre que vint lui faire le roi de Wurtemberg de lui ménager une entrevue avec l'empereur Alexandre ; il est possible. Celui-ci commença au contraire par témoigner quelques hésitations, d'ailleurs vite dissipées ; mais le règlement des questions pendantes en Orient, retardèrent d'un an l'entrevue qui marqua comme la consécration d'une réconciliation, voire d'une alliance.

1. 22 octobre/3 novembre 1856 à Walewski.

2. A Walewski sans date, mais approximativement novembre ou décembre 1856.

*_**

Quand le bruit du projet se répandit, l'émotion fut vive en Europe. Le roi de Prusse témoigna le désir d'être invité en tiers ; son neveu, le tsar lui fit comprendre que sa présence était inutile ou dangereuse ; le gouvernement britannique demanda à Paris des explications que l'empereur s'empressa d'aller porter à Osborne à la reine Victoria. L'idée d'une alliance franco-russe pouvait donc du fait de cette entrevue préliminaire être écartée ; l'empereur promettait à Osborne de continuer la politique inaugurée depuis le début de son règne, de chercher même les terrains d'entente entre Londres et Pétersbourg à une heure ou précisément leurs conflits s'étendent jusqu'au Turkestan et aux Indes.

Le terrain ainsi limité, l'entrevue de Stuttgart ne pouvait avoir ni la portée ni le retentissement des entrevues des deux empereurs en 1807 et 1808 : quoiqu'un Alexandre et un Napoléon dussent s'y rencontrer, ils ne devaient pas y bouleverser des doigts la carte de l'Europe comme leurs oncles l'avaient fait à Tilsit et à Erfurt ; mais leur entente moins bruyante pouvait être plus sincère ; elle le fut, mais hélas pour peu de temps !

Le prestige et la popularité de Napoléon III alors presque semblables en Allemagne lui valurent des acclamations si nombreuses qu'Alexandre en fut presque choqué ; mais sa simplicité, sa franchise, son ton de belle humeur si différente de ceux qu'en des occasions semblables employait son oncle, lui valurent la sympathie et la confiance du tsar. Les deux souverains promirent de ne faire partie d'aucune coalition l'un contre l'autre, de marcher d'un commun accord dans toutes les questions orientales, d'étudier, le cas échéant, les modifications que les circonstances rendraient nécessaires à l'état de choses arrêté par les traités de 1815. Ces promesses ne furent officiellement rédigées et signées dans aucun protocole, mais elles furent strictement tenues. Il est cependant difficile de marcher d'accord sur telle question qui se renouvelle sans cesse ; à tout le moins les deux souverains l'essayèrent-ils.

La principale modification aux traités de 1815 que Napoléon avait en vue dès l'entrevue de Stuttgart était, on sait la reconstitution d'un royaume d'Italie du Nord sous le sceptre de la dynastie de Savoie, reconstitution entraînant l'expulsion de l'Autriche de la péninsule. A ce projet, Alexandre II ne trouvait rien à redire, trop heureux de voir punie l'ingratitude de François-Joseph ; il déclarait formellement ne pas vouloir « recommencer l'année 1849 ». La Russie avait cette fois pleinement rompu avec les doctrines de la Sainte-Alliance.

De la Pologne, il ne fut pas beaucoup plus question à Stuttgart, que naguère aux Tuileries avec le prince Orloff ; comme Napoléon III parlait d'une amnistie des insurgés, Alexandre II se récriait et protestait de son désir de voir prospérer le royaume sous son sceptre impérial. La conversation n'alla sans doute pas plus loin.

Tout entier à la préparation de sa campagne italienne, l'empereur dans l'année qui suivit sa rencontre avec le tsar s'occupa surtout de faire surveiller l'état des relations austro-russes. Le duc de Montebello qui succédait au duc de Morny dans l'ambassade de Saint-Pétersbourg n'eut pas de peine à pleinement rassurer son gouvernement sur ce point. L'antagonisme de l'Autriche et de la Russie en Orient augmentait avec chaque incident dont la péninsule balkanique était périodiquement le théâtre. La Serbie, le Monténégro, tour à tour menacés par la Turquie, en appelaient à la Russie comme à leur seul protecteur, et celle-ci priait la France de protéger la principauté vassale en proie aux révolutions, ou la Montagne Noire contre la menaçante intervention autrichienne. C'était à Londres qu'on en référait finalement, heureux de trouver un faux fuyant, un moyen terme ; les affaires des principautés se résolvaient d'un commun accord, la France continuant à arrondir les angles, à effacer les difficultés, à maintenir l'équilibre de sa diplomatie.

Un an après la rencontre de Stuttgart, la question italienne paraissant mûre à ses promoteurs, le prince Napoléon qui faisait volontiers de la diplomatie in extremis, en cassant les vitres, partit pour Varsovie dans le but d'obtenir du Tsar confirmation de ses bonnes dispositions : singulière idée de l'empereur d'envoyer en Pologne, comme plénipotentiaire, un prince aux idées personnelles, très peu fait pour suivre les instructions qu'on lui donne, et de plus singulièrement déplacé en ce pays dont il a récemment parlé en des termes fort peu sympathiques à la Russie ! Serait-ce donc que tout en demandant un service on veut donner un nouvel avertissement ? Le Prince, qui ne brille pas par la prudence, obtient la faveur de Gortchakoff en engageant volontiers son cousin à prêter un constant appui à la Russie en Orient, ce qui veut dire à modifier les clauses blessantes du traité de Paris. Quand Walewski apprend la façon dont l'ambassadeur impérial a interprété sa

mission, il lance sa démission qu'on le force à reprendre ; l'empereur
blâme son cousin, mais les engagements de celui-ci restent ; qu'importe, il peut partir pour l'Italie !

Voici donc l'idée maîtresse du règne ! la seule qui ait eu un résultat
tangible et durable : Napoléon l'a mûrie avec amour depuis trente ans,
depuis que, simple volontaire dans la guerre des Romagnes, il a com-
munié dans le même rêve que ses compagnons d'armes d'une Italie
républicaine et indivisible. Le rêve s'est précisé et adapté aux circonstances ; le sceptre de la maison de Savoie s'est substitué à la répu-
blique, une compensation a été stipulée en faveur du libérateur, car
même dans la diplomatie la plus généreuse on ne fait rien pour rien.
La Savoie et Nice doivent être la rançon du Milanais ! Et pourtant
entreprise si longtemps méditée ne fut jamais plus mal délimitée ; elle
entraîne ce souverain absolutiste dans une politique révolutionnaire,
ce souverain religieux dans une lutte contre les états pontificaux ! Sans
doute Napoléon se défend de pareille politique, et y sera entraîné
malgré lui, voilà bien le grave ! le royaume de haute Italie qu'il veut
constituer c'est aux dépens de la seule Autriche qu'il prétend le faire ;
mais a-t-il donc si peu d'avenir dans l'esprit qu'il ne puisse prévoir les
événements qui fatalement doivent s'ensuivre : la chute naturelle des
duchés qui n'ont leur point d'appui qu'à Vienne, du royaume de Naples
qui est toujours menacé de mouvements démagogiques, du pouvoir
temporel des papes qui ne se soutient plus que par un prestige spiri-
tuel amoindri !

Alexandre II y voit plus clair, encore que son antipathie pour l'Autriche puisse au début l'induire en erreur ; quand son rival est battu
à Solférino, il se sent vengé, cela lui suffit, il laisse agir et manifester
la Prusse que jusque-là il a mâté. Indirectement c'est donc lui qui
arrête son allié sur la pente où celui-ci s'est engagé. Villafranca fait
perdre à Napoléon le bénéfice de Magenta et de Solférino : le moyen
terme qu'il adopte lui vaut l'hostilité de l'Italie qui se prépare à se
passer de lui pour constituer son unité : *Italia fara da se.* A grand peine
obtient-il l'exécution de la promesse faite par Cavour l'année précédente : la cession de la Savoie et de Nice ne lui est accordée que sur
l'engagement de sa neutralité dans la réunion des principautés de l'Italie centrale au nouveau royaume ; et c'est l'Angleterre ménagée avec
soin depuis le début de la guerre qui proteste avec le plus d'aigreur :
la prédiction de Morny s'est réalisée.

Le surgissement de la Prusse entre la France et la Russie a surtout désorienté l'empereur ; le retournement de l'opinion allemande a été si rapide, si inattendu que, pour un idéaliste tel que lui, la surprise pouvait être grande : acclamé à Stuttgart et à Bade en 1857, il est maintenant dénoncé comme l'ennemi héréditaire, le conquérant qui veut mettre l'Europe sous son joug et rêve le morcellement de l'Allemagne ; plaisante méprise d'un peuple presque aussi sympathique à cette âme romantique que l'est depuis longtemps l'italien ! Surprise également grande que celle de l'entente manifestée en dépit des protestations contraires, entre les deux cours de Pétersbourg et de Berlin ; Gortchakoff affirme bien à Montebello avoir averti « la Prusse que si celle-ci déclarait la guerre à la France, la Russie s'y opposerait » ; mais la démarche russe a revêtu un caractère si amical que la Prusse a négligé d'en tenir compte ; sa mobilisation sur la frontière du Rhin a eu l'effet qu'en espérait Alexandre II ! elle a arrêté Napoléon III sur les rives du Mincio. Le tsar ne trouve rien à redire aux agrandissements de la France sur les frontières alpestres, mais proteste par contre à plusieurs reprises contre l'extension que prend le mouvement révolutionnaire en Italie. C'est Napoléon qui l'a déchaîné, c'est à lui à l'arrêter ! Sans doute, selon le dire de Gortchakoff, la Russie n'est plus « la maréchaussée de l'Europe », mais elle ne peut voir tomber sans peine plusieurs trônes, fussent-il les plus petits !

Il souhaite l'intervention française en Toscane, à Parme, à Modène, il la réclame instamment à Naples : « Il suit avec un douloureux intérêt, écrit Montebello, les phases de la décomposition rapide qui a amené le roi François II à s'enfermer dans Gaëte. » Napoléon est d'ailleurs le premier à regretter la situation à laquelle sa politique l'a conduite. Autant pour calmer l'inquiétude de son propre entourage que pour donner à l'empereur de Russie la satisfaction qu'il demande, il prépare une intervention militaire pour empêcher Garibaldi de débarquer en Calabre. C'est le moment que choisit l'Angleterre pour poser le principe de son intervention, et, ce faisant, ravir à la France les sympathies italiennes. Il semble que ce léger coup de barre aide à rapprocher les deux empereurs que les affaires orientales, de nouveau compliquées par les massacres de Syrie, achèvent de réconcilier. Gortchakoff reprend l'espoir de brouiller définitivement l'Angleterre et la France en Orient. Quand Alexandre II accepte de recevoir à Varsovie la visite de l'empereur François-Joseph qu'il considère comme une tardive excuse, c'est pour lui déclarer sa fidélité à son entente avec la France, du moins le fait-il savoir solennellement à Montebello : « Désormais on saura qu'il faut renoncer à entraîner la Russie dans une coalition contre la France. »

Le moment est pourtant proche où la France va proposer à l'Europe, sinon une coalition, du moins une démarche commune contre la Russie !

*
* *

Depuis huit ans le feu couvait dans l'ancien royaume de Pologne ; courbés sous le joug sévère de Nicolas Ier, les Polonais punis de leur téméraire insurrection de 1830, n'avaient plus bougé, pas même en 1848. L'avènement d'un souverain, qu'on supposa plus doux et mieux disposé, leur rendit l'espoir de recouvrer les institutions accordées par Alexandre Ier, et peut-être une véritable autonomie. Dès le 27 mai 1856 le tsar vint confirmer ces premières espérances en décrétant une large amnistie pour le plus grand nombre des anciens révolutionnaires exilés ou déportés en Sibérie, générosité d'où, triste constatation, découla tout le mal. Tous revinrent la rage au cœur, résolus à poursuivre avec une nouvelle ardeur l'œuvre d'émancipation polonaise, avec ou plutôt contre le tsar. Celui-ci ayant chargé un patriote partisan d'une sou-mission loyale, telle que l'avait recommandée jadis le prince Adam Czartoryski, le marquis Wielopolski, du ministère de l'Instruction Publique et des Cultes, avec mission d'être le conseiller du vice-roi, Michel Gortchakoff, Wielopolski devint l'objet de la haine de la noblesse et des étudiants, principaux artisans de la résistance. Quand en 1860, Alexandre II vint à Varsovie pour y étudier les mesures à prendre pour ramener l'ordre et la paix, hésitant à chaque nouveau trouble entre la manière forte ou le pardon, à peine trouva-t-il à qui parler. Rappelé à Pétersbourg par la mort subite de sa mère, quelle fut son émotion profonde en apprenant que les familles nobles de Pologne portant le deuil d'un des leurs venaient d'arborer les cos-tumes aux couleurs les plus éclatantes pour manifester leur joie de la disparition de l'impératrice douairière [1] !

Devant de pareils procédés il est difficile de conserver son sang-froid. Alexandre détourna son attention et continua de soutenir le ministre

1. Ém. Ollivier, op. cit., VI, 64.

qui s'efforçait vainement à désarmer une opposition irréductible. Il se rendait compte de l'ardeur que donnait aux révolutionnaires polonais l'exemple parti d'Italie. C'était un peu la paix du royaume qu'il défendait quand il priait Napoléon III d'intervenir contre Garibaldi !

Les sociétés secrètes s'agitaient avec habileté, accumulaient manifestations sur manifestations, compromettant à plaisir le clergé dans les émeutes, en les faisant éclater dans les églises à l'occasion d'aniversaires funèbres ; bientôt Alexandre, son frère Constantin qu'il avait envoyé comme arbitre à Varsovie, où il avait commencé par essuyer un attentat, et Wielopolski lui-même se résolurent à tenir tête aux révolutionnaires, en procédant sous le prétexte d'une conscription longtemps retardée à une arrestation en masse des militants ; ceux-ci prévenus devancèrent l'autorité : le soulèvement éclata, formidable, le 23 janvier 1863.

Les insurgés, comme en 1830, comptaient fermement sur l'appui du gouvernement français ; la presse, fidèle image de l'opinion publique, avait depuis longtemps encouragé leur résistance ; ils se persuadaient que l'empereur Napoléon qui venait d'aider les Italiens à secouer le joug autrichien n'hésiterait pas à se déclarer officiellement en leur faveur ; à la cour même les influences ordinairement rivales de l'impératrice et du prince Napoléon travaillaient dans le sens de l'intervention. Trois ans durant l'empereur, malgré ses sympathies personnelles, avait résisté et fait donner des conseils de prudence aux Polonais qui, soit de Paris, soit de Londres, dirigeaient le mouvement. Une note d'allure officielle avait même paru dans le *Moniteur* de 1861 (le 23 avril) louant « les idées généreuses » du tsar et faisant des vœux pour qu'il ne fût pas empêché « de réaliser les améliorations que comporte l'état de la Pologne par des manifestations de nature à mettre la dignité et les intérêts politiques de l'empire russe en antagonisme avec les dispositions de son souverain ».

Alexandre avait remercié le duc de Montebello de cet heureux avertissement de Napoléon III, mais le langage des journaux français, que le gouvernement de l'empereur tenait généralement si bien en laisse, ne l'en inquiétait pas moins comme un encouragement aux révolutionnaires à persévérer dans leur tactique, comme un danger sur une évolution possible de Napoléon III lui-même. Aussi, comme lors de chaque crise polonaise, le gouvernement de Pétersbourg se rapprochait-il aussitôt des gouvernements de Vienne et de Berlin : devant le danger commun, l'union des trois cours copartageantes se reformait d'elle-même.

A la nouvelle du soulèvement général, l'opinion française s'émeut comme aux plus beaux jours de 1848 ; peu s'en faut qu'on ne revoie des bandes de manifestants parcourant les boulevards aux cris de « Vive la Pologne ». Napoléon III jusque-là tient bon : Billaut, son ministre, interrogé au corps législatif par un membre de la majorité répond que la Pologne « aurait plus à attendre des sentiments généreux et libéraux de l'empereur de Russie que d'une tentative insurrectionnelle dont les efforts ne feront qu'appeler de nouveaux désastres sur ce malheureux pays ».

Réponse juste et méritoire, dont l'effet n'est hélas que de surexciter l'opinion ; l'empereur, pressé de tous côtés, par sa conscience même d'ancien carbonaro, se sent à bout de résistance et cherche les moyens d'intervenir entre le tsar et ses sujets révoltés : la convention signée le 8 février entre la Prusse et la Russie, par laquelle les deux puissances se promettent un secours mutuel contre les agissements des révoltés, lui paraît un prétexte suffisant pour tenter son étrange médiation ! En même temps qu'il proteste à Berlin contre le rôle qu'accepte éventuellement de jouer la Prusse, il s'adresse à Londres pour étudier les formes d'une action commune ; déplorable imprudence que ce premier pas dans une voie qui peut mener loin ! il n'a plus au ministère Thouvenel pour le soutenir ; Drouin de Lhuys lui a succédé dans le but avoué de reprendre la politique de 1855, de resserrer les liens distendus avec l'Autriche et l'Angleterre, les alliés de Crimée : les plateaux de la balance oscillent encore une fois ! La politique d'intervention l'emporte dans les conseils impériaux et le même Billaut qui, au lendemain de l'insurrection du 23 janvier, témoignait sa confiance « dans les sentiments généreux et libéraux de l'empereur de Russie » annonce au Sénat le 19 mars, en réponse à un discours provocateur du prince Napoléon, que l'empereur considère la question polonaise comme « européenne et tentera de la résoudre avec le concours de l'Europe ».

Que la question polonaise fût européenne, c'est un point que le tsar avait toujours discuté ; la position prise par Napoléon III, outre qu'elle tendait à encourager la résistance des insurgés, était essentiellement inamicale ; on pouvait l'attendre de l'Angleterre, et non point de la France « dont la Russie depuis sept ans avait été la plus fidèle alliée ».

Le tsar ulcéré, on le serait à moins, tenta pourtant un dernier geste magnanime : il modifia les conditions du recrutement, promit une amnistie entière à tous ceux qui déposeraient les armes avant le 13 mai, tentative vaine qui mécontenta les vieux Russes, encouragea les Polonais à redoubler d'ardeur et n'empêcha pas Napoléon III de proposer à François-Joseph pour un archiduc la couronne de Pologne accrue de la Galicie, à laquelle on trouverait une compensation sur la côte adriatique. La proposition ne fut pas prise au sérieux à Vienne, mais à Saint-Pétersbourg où elle fut vite connue. Alexandre II dut s'avouer que son ex-allié projetait de lui arracher la Pologne. 1870, on le voit, trouve en tout ceci de suffisantes explications : « Je sais que les trois cours du Nord sentent qu'elles ont fait une grande faute en laissant s'altérer l'alliance qui pendant si longtemps a fait leur sûreté, écrit, en avril, le duc de Montebello ; elles sont effrayées de l'habileté avec laquelle la France a réussi à les battre séparément. La Prusse surtout sent que son tour n'est pas loin. »

Les échanges de notes se poursuivirent tout l'été ; devant les six points [1] que la France, l'Angleterre, l'Autriche proposèrent à la Russie en garantie de ses intentions pacifiques, Alexandre II fut un moment sur le point de brusquer les choses ; ce fut Bismark qui le retint et ce service ne fut pas perdu.

La Prusse, affaiblie par une crise intérieure, désireuse de trancher l'épineuse question des duchés danois pour laquelle elle avait besoin du concours de l'Angleterre, conseilla d'atermoyer, l'heure de la revanche sonnerait plus tard ! Le temps travaillait pour la Russie ; les forces des Polonais s'épuiseraient avant les siennes, et personne ne viendrait lui demander raison à l'automne ; les Napoléon gardaient trop mauvais souvenir du climat moscovite !

En même temps que Gortchakoff se décidait à répondre par une brutale fin de non recevoir aux remontrances françaises par la note du

---

1. 1° Amnistie complète et générale ; 2° Représentation nationale avec des pouvoirs semblables à ceux qui sont déterminés par la charte de 1815 ; 3° Nomination de Polonais aux fonctions publiques administratives ; 4° Liberté de conscience pleine et entière et suppression des restrictions à l'exercice du culte catholique ; 5° Usage exclusif de la langue polonaise comme langue officielle ; 6° Établissement d'un système de recrutement régulier et légal.

7 septembre, le tsar recevait le duc de Montebello en audience de congé, se confiait à lui dans les termes les plus francs et les plus amicaux : « C'est une tâche difficile que de pacifier et de gouverner la Pologne. Je n'ai rien retiré des institutions que j'avais données ; mais comment veut-on que je les fasse fonctionner au milieu de l'anarchie et de la terreur ? Si je pouvais parler à l'empereur Napoléon comme je vous parle, je suis sûr que son grand sens et son génie de gouvernement me donneraient raison... Toute l'administration est devenue polonaise, et qu'en est-il advenu ? Que j'ai été trahi de tous côtés ; peut-on exiger de moi que je recommence cette déplorable épreuve. Si je le pouvais, je rendrais au royaume son indépendance, mais je ne le puis. Si cela avait été possible, mon père l'aurait fait. Combien de fois lui ai-je entendu dire : « Pourquoi ne pouvons-nous « pas nous débarrasser de la Pologne, garder le cours de la Vistule et « abandonner le reste ? » L'indépendance est une question pratiquement impossible ; la Pologne ne peut vivre dans ses limites ; la question serait seulement déplacée et transportée dans les provinces occidentales de l'empire. Les Polonais d'ailleurs n'en font pas mystère ; ce qu'ils veulent c'est leurs frontières de 1772, c'est à dire le démembrement de la Russie. »

Napoléon n'entendit pas ces raisons données dans le secret du cabinet ; il ne voulait pas rester sur l'humiliation à lui infligée par la réponse officielle de Gortchakoff, il proposa un congrès médiateur plus malencontreux encore à l'heure troublée où il savait qu'on ne pourrait étudier deux questions sans avoir affaire à deux adversaires différents : ce congrès proposé pour sauver la Pologne mais où l'empereur comptait bien évoquer toutes les autres questions qui lui tenaient à cœur, les orientales et les italiennes, ce fut l'Angleterre qui le refusa[1] ! Pour s'être traîné à la remorque de l'opinion publique, le gouvernement impérial, qui se flattait d'indépendance, d'autorité et de longues vues politiques, se retrouvait au lendemain de cette terrible crise plus isolé qu'il ne l'avait jamais été en Europe. L'empereur s'aperçut-il que sa générosité d'idée, sa grandeur d'âme n'avaient pas trouvé d'écho dans un monde qui s'occupe surtout de la défense de ses intérêts ?[1] Le duc de Morny « qui avait vu avec chagrin détruire

---

1. 25 nov. 1863.

pièce à pièce l'œuvre à laquelle il avait attaché son nom, qui voyait
se rompre l'alliance qu'il croyait le plus utile à son pays et à la Russie
même, tout en se sentant dans l'impossibilité de s'y opposer » repre-
nait avec Gortchakoff une correspondance longtemps interrompue ;
de par son autorité de président du Corps législatif, il donnait un avis
qui fut écouté et faisait insérer dans l'adresse une phrase qui pouvait
inaugurer un retour vers la politique de 1856 : « Nous ne pouvons
méconnaître que l'appui sincère et cordial de la Russie a été utile à
la France dans une occasion importante. Nous espérons que l'esprit
de conciliation qui anime les deux souverains parviendra à écarter
tout ce qui pourra faire obstacle aux bonnes relations entre les deux
puissances »; défendant sa rédaction à la tribune, Morny fit applaudir
un éloge d'Alexandre II qui quelques mois plus tôt eut soulevé des protestations nombreuses : « Le tsar est un souverain bon, honnête, libé
ral et son pays le plus démocratique peut-être de l'Europe. »

Le gouvernement de Saint-Pétersbourg devait sans doute se réjouir
de ces indices favorables ; mais il sentait bien que le gouvernement
français tentait un rapprochement forcé, abandonné qu'il était à la
fois par Londres et par Vienne. La confiance avait disparu de part et
d'autre ; de bonnes paroles ne suffisaient pas ; Gortchakoff écrivait à
à Morny : « Les faits ne peuvent être effacés que par des faits ».

A quelque temps de là, en juillet 1864, le tsar se rencontra avec le roi
Guillaume et l'Empereur François-Joseph à Kissingen ; il semblait
avoir pardonné à l'Autriche sa conduite pendant l'insurrection polonaise ; on ne tarda pas à voir qu'il n'en était rien ; l'Autriche dupe de
Bismark était entraînée dans l'affaire des duchés danois ; six mois
plus tard elle devait se retrouver isolée en querelle ouverte avec
son alliée de la veille ne trouvant pas plus d'appui à Pétersbourg
qu'à Paris. Mais alors que la Russie s'était acquis en Prusse un

1. Il déclara dans son discours du 5 novembre au corps législatif : « Quand
éclata l'insurrection de Pologne, les gouvernements de Russie et de France
étaient dans les meilleures relations ; depuis la paix les grandes questions
européennes les avaient trouvé d'accord, et je n'hésite pas à le déclarer, pendant la guerre d'Italie comme lors de l'annexion du comté de Nice et de
Savoie, l'empereur Alexandre m'a prêté l'appui le plus sincère et le plus cordial. Ce bon accord exigeait des ménagements et il m'a fallu croire la cause
polonaise bien populaire en France pour ne pas hésiter à compromettre une des
premières alliances du continent et à élever la voix en faveur d'une nation
rebelle aux yeux de la Russie, mais aux nôtres, héritière d'un droit écrit dans
l'histoire et dans les traités... »

allié sûr, la France de plus en plus désorientée restait tout aussi isolée que l'Autriche ; l'Angleterre, satisfaite d'avoir rompu l'entente franco-russe qui l'avait tant inquiétée naguère, tournait résolument le dos à Napoléon ; l'Italie, froissée de son attitude dans la question romaine, le boudait ouvertement ; l'Autriche qui aurait aimé effectuer un rapprochement s'en trouvait empêchée par la question vénitienne que l'empereur persistait à vouloir résoudre en faveur de l'Italie. La France n'avait plus d'alliée mais se croyait une amie sincère : la Prusse ! par son intermédiaire, elle espérait se rapprocher de la Russie.

Gortchakoff avait demandé des faits : ce fut la Prusse qui mit promptement l'Europe en face de faits accomplis : sa rupture avec l'Autriche, son entente avec l'Italie, sa brusque agression, sa victoire plus brusque encore, laissèrent Napoléon III tout déconcerté et Alexandre II lui-même surpris. Il avait fait dire avant la guerre à Paris qu'il ne souhaitait pas un agrandissement de la Prusse ; mais quand au lendemain de Sadova, Drouin de Lhuys demandait à Gortchakoff s'il soutiendrait les droits des états secondaires de l'Allemagne « par la force des armes » celui-ci se dérobait. Le tsar envoyait au vainqueur ses compliments, lui recommandant la générosité, exactement comme il devait le faire au lendemain de Sedan : il n'abandonnait pas celui qui s'était montré son allié fidèle dans les mauvais jours. En 1866 la politique bismarkienne s'accordait avec les conseils russes : ce n'est pas sur le dos de l'Autriche qu'elle entendait constituer l'unité germanique : l'armée prussienne s'arrêta, prête à faire face au Rhin. Le général de Manteuffel allait à Pétersbourg apaiser le passager dépit d'Alexandre et de son ministre en donnant pour l'avenir les assurances les plus favorables aux intérêts russes en Orient [1], tandis qu'entre Paris et Berlin s'ouvrait la plus imprudente négociation qui se put redouter : Bismark faisant miroiter aux yeux troublés de Napoléon III un vague fantôme de compensations déterminées, un jour par la Prusse rhénane et le Palatinat, le lendemain par la Belgique, le mois suivant par le Luxembourg, compromettant ainsi à plaisir la diplomatie impériale vis-à-vis de l'Allemagne, et, au moment voulu, de l'Angle-

---

I. Le baron de Talleyrand, successeur de Montebello à Péterbourg, écrivait à Drouin de Lhuys : « La Russie ne marchandera pas son bon vouloir à la puissance qui s'engagera à appuyer dans un futur congrès le rappel des stipulations du traité de Paris, relatives à la Mer Noire. »

terre ! Un conflit ayant entre temps éclaté entre la Turquie et les
Crétois, la question d'Orient se trouvant par là même rouverte, Gortchakoff saisit ce prétexte pour tenter un rapprochement non plus
général et profond avec la France, mais particulier et éminemment
intéressé. C'était en Orient que la Russie redoutait avec le plus de
raisons l'entente franco-anglaise ; elle pouvait craindre de voir
l'Angleterre mettre la main sur la Crête, avec la complicité de la
France, et le sultan passer de nouveau sous la tutelle des puissances
occidentales ; pour éviter ce danger Alexandre et Gortchakoff étaient
prêts à oublier les affronts reçus dans l'affaire polonaise.

Napoléon III et son nouveau ministre, le marquis de Moustier, ne
pouvaient pas ne pas percevoir l'occasion de redresser une fois de plus
leur diplomatie ; ils semblent tout d'abord s'y être disposés. Aux
avances russes, ils répondent par tout un plan discret d'améliorations
de l'empire ottoman, tendant au développement sagement progressif
des nationalités chrétiennes ; mais ils ajoutent, avec non moins de
prudence, que « leur adhésion à une entente orientale suppose avant
tout l'adhésion préalable du cabinet de Pétersbourg à la politique que
les circonstances pourraient les amener à suivre en Occident [1]. »

La question était placée sur son vrai terrain ; mais Gortchakoff
demanda tout naturellement des précisions que l'empereur s'avoua
incapable de lui donner : c'était l'heure où abandonnant l'idée d'un
agrandissement sur la rive gauche du Rhin il hésitait encore entre la
Belgique et le Luxembourg : le 9 février 1867, Moustier fut contraint
de faire à son ambassadeur cette incroyable réponse : « Nous compre-
nons que le prince Gortchakoff nous demande des confidences. Mais
ne pourrait-il pas nous aider un peu à les lui faire en nous disant
quels sont au juste les engagements de la Russie et quelles objections
les diverses hypothèses qui pourraient se présenter seraient de nature
à soulever de sa part? » Réponse qui rappelle invinciblement le personnage de Molière bredouillant : « Elle est de couleur, là... d'une certaine
couleur... ne sauriez-vous m'aider à dire [2] ? » Devant une si singulière
réserve, Gortchakoff n'allait évidemment pas dévoiler ses engagements :

1. 24 déc. 1866.
2. *Avare,* acte V, sc. II.

« C'est vouloir renverser les rôles », déclara-t-il en souriant ; si Talley-rand espérait qu'entre la Russie et la Prusse il n'y avait pas encore d'engagements positifs, il savait que « du moins il en existait de moraux, puisant évidemment leurs sources dans les sympathies de souverain à souverain ou dans les nécessités politiques ». Il sentait et faisait savoir à Paris que nos bons rapports avec la Russie dépendaient essentiellement de nos rapports avec la Prusse et que nous ne devions espérer aucun appui de Pétersbourg contre Berlin ; or c'est précisément à ce moment, au printemps de 1867, que l'affaire des compensations limitée dès lors au seul Luxembourg amène notre première discussion grave avec le gouvernement prussien. Aussitôt sollicité d'apporter son appui à la demande française, Gortchakoff se récuse, rappelant que le secret avec lequel le gouvernement de l'empereur avait agi avec la Prusse depuis Sadowa dispensait tous autres de s'entremettre ; il s'entremit cependant quelques semaines plus tard, mais ce fut quand il ne s'agit plus que d'obtenir du gouvernement prussien un retrait de garnison, que, celui-ci était très décidé à accorder de lui-même.

Cette pénible affaire était à peine liquidée dans une conférence tenue à Londres, que le tsar Alexandre, répondant à une invitation lancée depuis plusieurs mois, faisait son entrée solennelle à Paris le 1er juin 1867. Il avait fallu à l'empereur de Russie une forte dose d'esprit politique pour accepter de se rendre dans cette capitale d'où quatre ans plus tôt étaient partis les cris les plus violemments hostiles à sa conduite ! Ayant reçu l'invitation il n'avait pas cru devoir la décliner mais il s'était secrètement entendu avec le roi Guillaume pour faire coïncider leur séjour auprès de l'empereur. Celui-ci avait vainement tenté d'éviter une rencontre qui ne pouvait produire qu'un effet dangereux sur l'esprit public ; il obtint seulement que le tsar devançât son oncle de quelques jours, et acceptât de résider non pas à l'ambassade de Russie, mais au palais de l'Élysée « pour donner à sa visite un caractère de plus grande cordialité ».

En dépit de l'intimité russo-prussienne une fois de plus avouée, il apparaissait clairement au gouvernement français que la Russie attachait encore un haut prix à un accord plus ou moins étendu avec la France ; pourquoi s'il n'avait eu le désir d'entretenir des rapports cordiaux, Alexandre II aurait-il entrepris un voyage qui ne laissait pas que d'être humiliant pour lui. Cependant à cette heure même, durant tout le séjour du tsar à Paris, la conduite de Napoléon et de son ministre devient si déconcertante (sur le vu des documents actuellement connus); qu'on cherche en vain sa raison d'être. Au désir manifeste du tsar et de Gortchakoff de serrer d'un peu plus près les questions soulevées depuis plusieurs mois dans la correspondance diplomatique, l'empereur et Moustier opposent un mutisme presque complet ; du moins s'efforcent-ils de ne pas sortir des plus vagues affirmations de principes et de se dégager même des promesses d'accord relativement à la Crète dont ils affectent dès lors de se désintéresser autant que du sort des populations chrétiennes de la péninsule balkanique. L'empereur ne va-t-il pas même jusqu'à paraître se dérober à un entretien intime que paraît désirer son hôte ?

Il ne reste rien, dans les quelques conversations échangées, des bases d'accord posées quelques mois plus tôt par Moustier lui-même ; le tsar doit essuyer à quelques heures de distance un « Vive la Pologne » qui n'était pas une galanterie, et un coup de pistolet qui acheva de lui faire regretter son déplacement : « Si les voyages des souverains ne servent pas à éclairer et à arranger les questions, déclara Gortchakoff dépité à Montebello, ils feraient mieux de rester chez eux. »

La balance avait-elle donc une fois de plus oscillé ? On put le croire quand on apprit au mois d'août la visite que Napoléon III et l'impératrice allaient faire à Salsbourg à l'empereur François-Joseph ; sans doute une démarche de sympathie était naturelle, au lendemain de l'exécution de Maximilien au Mexique, de la part du souverain qui avait entraîné un archiduc d'Autriche dans cette lamentable équipée. Mais on put s'apercevoir que l'entrevue des deux empereurs avait une portée plus grande, que les rois de Bavière, de Wurtemberg et de Saxe y avaient pris un intérêt spécial ; de là à conclure que la France prenait résolument le parti de l'Autriche et des princes de l'Allemagne du Sud contre la Prusse, il n'y avait qu'un pas, vite franchi. L'émoi assez vif ressenti à Berlin eut naturellement son écho à Saint-Pétersbourg ; le gouvernement français pour y éviter tout commentaire désagréable s'empressa de se montrer plus favorable aux projets de Gortchakoff en Orient ; il s'entremit notamment pour clore la question crétoise selon les désirs des diplomates russes : l'empereur Alexandre daigna s'en montrer satisfait [1].

---

1. Il déclara à Talleyrand : « Je suis fort heureux de la bonne nouvelle venue de Paris. Depuis longtemps rien ne m'a fait autant de plaisir » (29 octobre 1867).

Satisfaction bien passagère, la solution trouvée n'étant qu'un pis-aller provisoire ; les relations austro-françaises continuant à s'améliorer, la Russie redoutait qu'une coalition se reformât contre elle en Orient : l'Autriche ayant définitivement pris son parti de la perte de ses possessions italiennes, rien ne la séparait plus de la France, que la rancune ; son intérêt bien compris devait être le plus fort ! Le nouveau ministre de François-Joseph, bruyant et ambitieux, le comte de Beust, faisait grand tapage des bonnes relations rétablies entre Vienne et Paris. Le cabinet français aurait préféré plus de réserve : « L'empereur Alexandre a déclaré qu'il n'entrerait jamais dans une coalition contre la France, cela est vrai, déclara le 17 janvier 1868 Gortchakoff à Talleyrand ; mais prenez garde que les paroles de M. de Beust ne vous donnent l'apparence d'être entré dans une coalition contre nous ! »

Napoléon III était cependant bien éloigné de nourrir un pareil projet ; sa santé ébranlée augmentait ses constantes hésitations ; après avoir pendant dix ans balancé entre l'alliance russe et l'alliance anglaise, et cherché vainement à accorder l'une et l'autre, il avait compromis l'une et l'autre sans se résoudre à les abandonner ; l'alliance autrichienne qu'il envisageait en 1867 ne lui paraissait devoir être qu'un complément des deux autres, une garantie pour le cas où celles-ci viendraient à manquer ; l'éventualité d'un conflit avec la Prusse commençait à se faire jour dans son esprit. C'est contre elle qu'il cherchait sans se l'avouer à lui-même des garanties inconciliables l'une l'autre.

En 1867 il a évité soigneusement toutes les conversations qui auraient pu amener une entente précise entre le tsar et lui ; sans doute hésitait-il à se lier les mains en Orient, en promettant à la Russie la revision du traité de Paris, c'est la seule explication possible de la conduite impériale à ce moment. En 1869 la question n'a pas fait un pas ; Gortchakoff en ces deux années a eu plusieurs fois l'occasion de faire sur son terrain préféré des avances non déguisées : il a toujours trouvé un ambassadeur sans instructions pour négocier ; peut-être l'empereur se rend-il compte qu'il est trop tard pour rompre le pacte secret, « l'engagement moral » qui lie le tsar à son oncle le roi Guillaume ! Il semble pourtant vouloir faire une dernière tentative, en remplaçant le baron de Talleyrand par le général comte Fleury à son ambassade de Saint-Pétersbourg ; là où le diplomate de carrière n'a pas réussi (parce qu'on ne lui en a pas fourni les moyens) un officier qu'on sait de l'intimité des Tuileries ne réussira-t-il pas mieux. Tout dépend des instructions qu'on lui donne.

Sa mission consiste sans doute à éprouver la solidité des relations russo-prussiennes, en commençant par obtenir l'évacuation, par les troupes de la confédération de l'Allemagne du nord, des duchés danois; mais quelle est la contre-partie de la demande. Elle ne peut être bien alléchante puisque l'empereur restant en négociations serrées avec Vienne ne peut s'engager dans une politique orientale qu'il sait devoir être combattue par l'Autriche.

Aussi en dépit des apparences, l'ambassade du général Fleury n'améliore-t-elle pas la situation diplomatique. Le tsar s'empresse de demander au roi de Prusse l'évacuation du Sleswig, mais il le fait en de tels termes que Guillaume attend un mois pour lui répondre .... qu'il réfléchira. Alexandre écrit de nouveau. Mais prudemment, Fleury s'abstient de rechercher le résultat de cette seconde démarche! « La Russie, observe-t-il, veut rester en termes affectueux avec la Prusse, en même temps qu'en relations courtoises avec la France. »

En vain cherche-t-il à s'appuyer sur ce qu'il appelle le « parti national » dont le plus insigne représentant à la cour est le grand-duc héritier ; la tsarewna est danoise et attire souvent l'attention de son beau-père sur son malheureux pays ; mais Alexandre II ne mène pas sa politique avec son cœur ; il seconde la Prusse par tradition de famille, mais surtout parce qu'il sent en elle un allié sûr et intéressé. Or d'intérêt il n'en peut voir aucun à se rapprocher de la France ; on a prescrit à Fleury comme on l'avait prescrit à Talleyrand de se dérober à tout entretien sérieux sur l'Orient ; l'empereur lui-même écrit le 1er mars à son ambassadeur cette phrase stupéfiante : « Tous vos efforts doivent se borner à créer une entente par des conversations, bien plus que par l'énoncé des projets arrêtés. » L'activité diplomatique de la France à Saint-Pétersbourg doit donc être toute d'apparence, de conversations à bâtons rompus, sans doute ! Comment s'étonner qu'elle ne porte pas de fruits, et que Gortchakoff, sentant déjà la poudre, emmène son maître sceller en Prusse une entente précise sur des « projets arrêtés ». Le 1er juin 1870 le tsar et son chancelier arri-

vaient à Ems où ils rencontraient le roi et Bismark ; point de fêtes et de
réceptions grandioses pouvant rivaliser avec celles de Paris en 1867 ;
mais des conversations nombreuses, serrées, sans témoins. A peine
Fleury, de Pétersbourg et le gouvernement, de Paris, s'en émurent-ils :
« On exagère la valeur de ces entretiens, disait à Fleury un des
secrétaires de Gortchakoff, il n'en sortira rien qui puisse porter
ombrage à la France. » Peut-être le nom de la France ne fut-il, en effet,
même pas prononcé? on ne parla que de l'Orient ; c'est trop de dire
qu'on ne pensa pas à autre chose : Alexandre II obtint les engagements précis qu'il désirait relativement à une dénonciation future des
clauses du traité de Paris : certain désormais d'obtenir de la Prusse
en Orient un appui d'autant plus complet qu'il aura facilité la politique de cette puissance en Occident, il revient à Pétersbourg décidé
à attendre autant qu'il le faudra l'occasion favorable ; il croit à la paix
et l'affirme de très bonne foi au comte Fleury, sans se rendre compte
que l'accord signé à Ems a donné à la Prusse la garantie nécessaire et
suffisante pour l'entreprise qu'elle prépare de longue main : la Russie
nantie d'une promesse relative à l'Orient devient la complice de la
Prusse en Occident : on a acheté sa neutralité bienveillante ; on peut
aller de l'avant sans crainte d'être pris à revers.

Le 14 juillet, de cette même ville d'Ems où vient d'être signé l'accord
russo-prussien, part la dépêche qui, truquée par Bismark, va mettre le
fer au feu : la France qui a confiance en ses troupes a plus encore
confiance en sa diplomatie : l'Autriche, l'Italie vont entrer en ligne,
croit-elle, l'une pour venger Sadowa, l'autre pour rendre la politesse
de Solférino ! pas un instant le cabinet des Tuileries ne sent que la
Russie a promis de faire respecter la neutralité de tous, et que si
l'Autriche arme, c'est à l'Est qu'elle doit faire face !

Tel est pourtant l'aboutissement logique de la politique de
Napoléon III à l'égard d'Alexandre II. Il s'est aliéné définitivement son
cœur par sa trop généreuse et aveugle conduite en 1863 ; il s'est aliéné
sa raison par son silence déconcertant en 1867 relativement aux
affaires d'Orient ; la Russie a cherché un appui ailleurs ; elle l'a
trouvé. Sa loyauté en même temps que son intérêt l'obligent à le
ménager. Tous les efforts, toutes les prières du comte Fleury se butte-
ront contre une résolution bien arrêtée[1] ; l'empire tombé, Thiers ne

1. Et d'ailleurs pas un mot ne fut dit pour tenter sur la question d'Orient une
surenchère. Gortchakoff dit à Fleury le 7 juillet : « La France est débitrice

sera pas plus clairvoyant : les intérêts russes resteront les mêmes.
En vain montre-t-on à Gortchakoff le danger qui va naître pour
la Russie d'une Allemagne victorieuse et unifiée ; le chancelier sait
d'abord le bénéfice qu'il retirera de sa conduite et pour ne pas le laisser
échapper, il brusque les choses, et sans attendre que Bismark puisse
éluder ses promesses, dénonce par la circulaire du 29 octobre 1870 le
traité de 1856, ne se considérant plus comme lié aux obligations « qui
restreignent les droits de souveraineté de S. M. dans la Mer Noire ».

Le procédé était brutal et fort peu diplomatique, mais il a fait école ;
les protestations s'élevèrent violentes de Londres et de Vienne ; à
Berlin même on fut surpris ; la précipitation russe pouvait tout
gâter ! Bismark, aussi, protesta, mais en secret ; il put craindre une
action commune de l'Angleterre et de l'Autriche dont le premier effet
eût été de seconder la France, leurs intérêts étant de ce coup redevenus
communs ; mais la victoire prussienne était trop définitive ; elle avait
anéanti la diplomatie même de la France.

En diplomatie plus qu'ailleurs tout s'enchaîne ; et toujours une
génération paye les fautes de la précédente. Le rêveur couronné
qu'était Napoléon III, toujours hésitant entre l'alliance anglaise et
l'alliance russe, a tour à tour sacrifié l'une à l'autre pour réaliser des
projets mûris dans l'exil et également empreints d'un vague idéa-
lisme : pour rompre bruyamment les traités de 1815 il a fait la guerre
de Crimée ; et sitôt qu'elle fut terminée s'est rapproché de l'adversaire de la veille pour combattre plus facilement son allié ; vainqueur
de l'Autriche, il achevait d'anéantir la Sainte-Alliance en ressuscitant
l'Italie ; mais aussitôt il se retournait contre elle et s'efforçait d'arrêter
sa marche vers l'unité ; il intervenait en faveur des Polonais sans se
soucier de mécontenter les Russes, persuadé qu'il entraînerait l'Europe
à décréter la résurrection de la Pologne, affrontant ainsi du même coup
les trois cours copartageantes ; se montrant par ailleurs favorable au
développement et à l'unité de l'Allemagne, mais s'émouvant des
premiers pas faits vers la réalisation de cette unité ; toujours fidèle à
son grand principe des nationalités qui n'était rien moins qu'une règle
de conduite diplomatique ; se trouvant après dix-huit ans de règne

envers la Russie ; il serait nécessaire qu'elle donnât des gages sur le terrain
d'Orient » ; le 20 juillet Fleury écrivit à Paris : « Il faut que je puisse offrir
quelque chose en échange de ce que vous voulez que je demande. » On ne
répondit pas.

avoir favorisé et combattu, au moins par sa diplomatie, chacun des grands états de l'Europe. L'alliance franco-russe qu'il n'avait pas pu ou voulu faire, faute de laquelle il dut subir une défaite écrasante, apparut plus que jamais nécessaire au lendemain de cette crise ; l'Allemagne victorieuse ne tint pas les promesses que la Russie avait espérées; Bismark voulut en 1878 se venger de l'embarras dans lequel, en 1870, Gortchakoff l'avait mis en dénonçant le traité de Paris ; le congrès de Berlin fut la contre-partie de la conférence de Londres, comme celle-ci l'avait été du congrès de Paris et cette année même n'avons-nous pas assisté à la contre-partie du congrès de Berlin : l'histoire est un perpétuel recommencement.

Pierre RAIN.